LES PROGRÈS
DE L'ART DU GENIE
SOUS LE REGNE
DE
LOUIS LE GRAND.

ODE

Qui a remporté le Prix au Jugement de l'Académie Françoise le jour de saint Loüis 1737.

Par le P. RAINAUD de l'Oratoire, qui a remporté en même temps le prix d'Eloquence.

A PARIS,

De l'Imprimerie de JEAN-BAPTISTE COIGNARD,
Imprimeur du Roi, & de l'Académie Françoise,
ruë S. Jacques à la Bible d'or.

MDCCXXXVII.
AVEC PRIVILEGE DE SA MAJESTE'.

LES PROGRÉS
DE L'ART DU GENIE

SOUS LE REGNE

DE

LOUIS LE GRAND.

ODE

Qui a remporté le Prix au Jugement de l'Académie Françoise le jour de Saint Louis 1737. par le P. RAINAUD de l'Oratoire, qui a en même temps remporté le prix d'Eloquence.

DEESSE, qui des Arts, ainfi que de la guerre,
    Epuifes les fecrets heureux;
Quand tu tiens le compas, quand tu tiens le tonnerre,
    Quels font tes travaux ou tes jeux!
Ici, d'un Boulevard dirigeant la Structure,
Tu défends du péril, bien mieux que la Nature,
    Une Cité que tu chéris:
Plus loin, quand tes affauts réduifent tout en poudre,
Il ne refte d'un mur qui défioit la foudre,
    Qu'un nom frivole & des débris.

A ij

Confie à mes accords les progrès de tes veilles:
Dis-moi quel siécle fortuné
T'a vû de toutes parts prodiguer ces merveilles,
Dont l'Univers est étonné.
Tes Arts ensevelis au sein d'une nuit sombre,
Gémissoient dès long-tems dans l'horreur de son ombre,
Peu capables d'un noble essor:
Dans cette obscurité, quelle main secourable
Pouvoit te préparer un triomphe durable?
LOUIS ne regnoit pas encor.

Il regne: ce Soleil dissipe les nuages;
Deja son empire est le tien:
Ses regards & ses dons, de tes plus beaux ouvrages
Sont & la source & le soutien.
Au craïon de Vauban la pierre obéïssante
S'éleve, au gré des loix que son genie invente:
Quels remparts 1 menacent les Cieux!
Si les tiens renaissoient dans le siécle où nous sommes,
Tu verrois, Ilion, que l'ouvrage des hommes
L'emporte sur celui des Dieux. 2

Bientôt je vois former des voûtes 3 magnifiques,
Que l'Etranger vient admirer.
Quels pompeux Arcenaux! sous leurs vastes Portiques
Mon plaisir est de m'égarer.
Partout des mâts épars, des voiles entassées,
Des dards étincelants, des lances hérissées,
Lassent & charment mes regards:
Des Ciclopes brulants que la flamme environne
Font sortir, de l'airain & du fer qui boüillone,
Des foudres inconnus à Mars. 4

Au mépris des travaux de Rome & de la Grece ;
Les Peuples de nos bords heureux, [1]
Vauban, vantent les ports que ta sçavante adresse
Tour à tour à creusés pour eux.
Que vois-je ? Triomphant de leurs bornes profondes,
Dans un lit étranger tu captives les ondes,
Dociles à suivre ta voix :
L'humide Souverain que ce Spectacle attire,
S'aplaudit sur son char d'agrandir son Empire,
En obéïssant à tes Loix.

Neptune, quand sa main embellit ton rivage,
D'autres prodiges font éclos :
La Nature est vaincüe : un immortel [2] ouvrage
Confond les routes des tes flots.
Les Rochers & les Monts devant toi s'aplanissent :
Les Fleuves à l'envi se cherchent & s'unissent ; [3]
Tributaires de nos Etats.
Quels fruits recueillons-nous d'un accord si célébre !
Les tréfors précieux & du Gange & de l'Ebre
Semblent germer dans nos climats.

Un art toujours fécond enfanta ces miracles,
Dans le calme & dans le repos.
Que n'a-t-il pas produit, vainqueur de mille obstacles,
Quand la guerre armoit nos Heros ?
Vers des murs menaçans assûrant leur passage,
En obliques détours [4] la Terre se partage :
Que de Cités vont succomber !
Elles s'arment de feux ; mais nos Soldats tranquilles
A l'homicide Plomb, sous des Remparts [5] mobiles,
Sçavent encor se derober.

1. Les ports de Rochefort, de Brest, de Toulon, & sur tout celui de Dunkerque le Chef-d'œuvre de l'art.

2. La Jonction des deux Mers en Languedoc, par Mr. Riquet.

3. Les Canaux de Briare, d'Orleans, de Picardie.

4. Les Paralléles & Communications.

5. Les Gabions & Sacs-à-terre,

Que la flamme & le fer, que les vents & l'orage
    Confpirent pour te garantir,
Namur; que peut l'effort de leur cruelle rage
    Contre les coups qui vont partir ?
De cent goufres [1] d'airain, s'élancent dans la nüe
Des globes embrazés dont la chute imprevüe
    Seme l'effroi de toutes parts :
Et la Terre bien-tôt, de fon fein [2] infidelle
Vomiffant le Salpêtre, enfevelit fous elle
    Peuple, Guerriers & Boulevards.

Mais fur les bords du Rhin quelle heureufe conquête
    S'offre à nos Achiles nouveaux !
L'orgueilleux Philifbourg y brave la tempête,
    Fortifié [3] par nos travaux.
A l'ombre de deux Forts, [4] apui de fes murailles,
Il femble inacceffible au Démon des batailles :
    L'aurons-nous envain menacé ?
Non : l'Art inépuifable en reffources abonde :
D'Asfeld marche, au travers de la flamme & de l'onde;
    Et déja l'Aigle eft terraffé.

De ces Succès, gravés au Temple de mémoire,
    Quels temps ne feront point inftruits ?
LOUIS avec Minerve en partage la gloire ;
    L'Europe en partage les fruits.
Contraintes mille fois & laffes de fe rendre,
Déja les Nations, d'attaquer, de défendre
    Ont appris les fecrets divers.
Ainfi, des Demi-Dieux éclate la puiffance:
C'étoit peu pour LOUIS d'être utile à la France ;
    Il devoit l'être à l'Univers.

---

[1]. Les Mortiers.

[2]. Les Mines.

[3]. Mr. de Vauban avoit fortifié cette place, après l'avoir prife fous Monfeigneur le Dauphin en 1688.

[4]. L'ouvrage à Cornes & l'Ouvrage couronné.

PRIERE POUR LE ROI.

Dans tes mains, Dieu Puissant, tu tiens les deſtinées
  Des Souverains & des Sujets;
D'un Monarque cheri protege les années:
  Qu'il conſerve une longue paix,
  Sous les Lauriers de la Victoire;
Que ſon Regne, des Arts augmente encor la gloire;
  Que toujours fidele à tes Loix,
Il ſoit l'Amour du Peuple & l'exemple des Rois.

Quidquid oppugnant ruit.